KB050088

비밀 하나가 생겨났는데

# 비밀 하나가 생겨났는데

박이현 시집

천년의시작

## 시인의 말

당장 지금 삶을 놓게 된다고 해도
그리 아쉬울 것은 없다.
나 스스로에게 충실했고
가족에게 최선을 다했으며
주변인들에게 성심껏 대하였기 때문이다.

그러나 시에게만은 그렇지 못했다
시와 많은 시간을 함께하지 못했고
시의 정령도 모시지 못했고,
시의 볕에 영혼을 말리지도 못했다
시에게 미안하다.

또, 시처럼 살지 못했다.
시인은 자신이 쓴 시에 책임을 져야 한다.
시와 삶이 함께 기지 않는 시는 울림이 없다는 것을 잘 안다.
그래서 많이 부끄럽다.

지나온 시간들이 참으로 어려웠다.

시가 손짓하는데 갈 수 없었고,

시가 꾸짖어도 할 말이 없었으며

좋은 시들이 내 등짝을 잡아당겨도

우두키니로 어스름 대문 밖을 서성였을 뿐이다.

어쩌다 세상 냄새 배지 않은 새벽 시간

시와 대면을 하게 되면 그저 고개 숙일 수밖에 없었다.

그런데 또 묶다니……

앞으로는 시와 더불어 많이 놀 것이다. 시를 즐기는 이들과
함께 시의 정령을 불러와 한바탕 신명 나게 놀 것이다.

2017년 11월  박 이 현

# 차  례

시인의 말

제1부

# 설해목* 눕는 소리

곡절 많은
겨울 산

깊을수록
적막한 눈

껴안다가
견디다가
잉걸에 뛰어들어
재가 되기로 결심하는 밤

고승의
열반송이
새벽을 뚫는다.

* 설해목: 눈을 많이 맞으면 가지나 허리가 꺾여 쓰러지는 나무. 대관령
  근처 산에는 겨울 지나면 설해목이 많음.

# 새벽

시처럼 살지 못한
가난한 시인이
밤새
시를 껴안고
가없이 쓰다듬다가
다시
시렁 위에
얹어놓는 시간.

# 새벽 2

누군들 짐승같이
울지 않는 이 있겠어
오로지 가슴으로
삼킬 뿐이지

피돌기에 숨어
심장 깊숙이 내려가
어두워지려는 마음
삼켜야지.

# 새벽 3

밤새
쌓아 올린
글 탑

날이 새면
죄 무너뜨리는
허섭스레기

창가에 서서
묻는다.

우리 그만
놓을까.

# 새벽 4

번다한 거리에서
밟히고 찌그러진
내 시를
주워 올려
털어보고
닦아보니
마음 끝에서
쟁그랑
풍경이 울린다.

# 망태버섯에게

장마
또 장마

때 만났다고
얼금얼금
너무 펼치다가
넘어갔구나

온전히 돌아올 시간이다
바람도 새들도 길을 벗어나지만
다시 돌아온다

적막의 그물 덮고
묵언 수행하라.

외로움 못 견디는 거
잘 알지만
달게 받도록 하라.

# 혼술

궁여지책으로 탈탈 털어서
여럿 사는 집을 구했습니다.
처음 몇 달은 꼬박 달세가 쌓여서 좋았습니다.
이제 일 좀 덜해도 되겠구나 싶어
여기저기 밥값도 내고
발 뻗고 잠든 지 며칠
장마가 닥쳐오자
여기저기 줄줄이 새 들어옵니다.
마음까지 젖어 듭니다.
도리 없는 고단함이
흘러내리는 밤입니다
못 먹는 술이 잘도 넘어갑니다.

잠시나마 낭만적인 잉여를 상상해본 것도
나쁘지는 않았습니다.
초록 뚜껑 소주가 도수가 더 높다는 걸 새로 알았습니다.
모르는 게 너무 많습니다.

# 객客

숲에 들어
누워본다
명당이 따로 없다
얼마만의 호사인가

나뭇잎 사이로
평화가 쏟아 내린다.

호득호득
빗방울 듣는다.
숲이 분주해진다

청개구리 한 마리
나뭇잎 위로 뛰어올라
객客 객客 객客
깨끗한 내 집에서 나가란다.

세상 때가
많이 묻었나 보다.

# 다시 봄

지난봄
훌쩍 가버리더니

그렇게밖에 보낼 수 없어
어리숙 가슴 쳤더니

울음 놓고 가버릴걸
모르지는 않지만

다시 오신 꽃님
천지가 환해지는 위안

# 중심

가슴에 한 사람씩 숨기고
무릎 접어 살다가
어느 날 문득 마음이 떠나면
한때 죽고 못 살았던 환약 같은 사랑도
쉼 없이 흘러서는
얼굴 무너뜨리고
마음까지 억세게 만들어놓고
한 번도 해보지 않은
두려운 기도문을 외우란다.

무덤 옆에 서 있는 장군석
버즘무늬 세월 옷섶
벌레집이 장식처럼 달려 있다.

# 길

길을 간다는 건
삶이 통째로 따라가는 것.

함께 간다는 건
그쪽의 삶도 지고 가는 것.

# 오리와 나

어느 별에서
홀로 오시었나

눈발 날리는 매운 저녁
다리 밑 오리 한 마리

기둥 뒤로 슬쩍 고개 내밀다가 마주쳤다.
이 멋쩍은 찰나 서로 생각이나 했을까

너는 기둥 뒤를 돌고
나는 내쳐 걸었다.

둘뿐인 다리 근처가
이토록 성성하고 외따로운 거냐.

전생에 너는 철학자였고
나는 다리 밑을 도는 오리였을 것이다

다시 만날 수 있을까
새로 태어나는 푸른 별에서

# 박꽃 3

이유 없이 슬퍼져서
울어버린 사이
머리가 희어졌다.

바라보기만 하던 건넛마을
그 애 머리도 희어졌겠구나
마흔 번도 넘게 피고 지며
많이도 울었겠구나

둥글어진 박은
꽃자리를 잊었을까
잊지 않았을까.

# 시詩에게

깊은 산에서만
놀지 말고
내게도 좀 와줘.

산 뻐꾸기
숨소리가
심장을 치니
다시 출렁여 오는구나.

동동 안아줄게
포대기 포옥 싸서 업어줄게.

# 시詩에게 2

당신은 분명 갑甲입니다
지내볼수록
친해질수록
당신은 내게 명령합니다.

낮게 엎드려서
버리고
씻어
다시 담으라고

곧바로 을乙로 돌아가긴 했지만
아주 잠시 동안이나마 갑이 된 때가 있었습니다.
출판사에서 따끈한 내 시집이 도착했을 때
세상에 대해 나는 갑이었습니다.

단 한 번으로
갑의 재미를 느끼다니요
빌어먹을.

# 시詩에게 3

이름도 내지 못했고
문벌이 약하여도
경건한 마음으로 다가갔습니다.

마음 문이 닫히려 할 때 빗장 열어주고
빛깔 흐려질 때 위로자가 되었습니다.

그리하지 않겠노라 다짐하던 때
그리하라 일러주었고

더 잃을 것이 없었을 때
무릎 꿇게 해주었습니다.

바라보기만 했으나 가끔은
마른 영혼 걸어놓을 수 있어 좋았습니다.

옷깃을 여미고
깊이 허리를 숙입니다.

제2부

# 기척

아카시아 밥알로 피어나고
꽃내음 온 둔덕 퍼지는데
우리 언제 저 꽃덩이 아래를
걸어본 적이 있기는 하였나
스치는 듯 슬쩍 손이라도 잡아보았나

심장 와장창 깨지는 날
외딴길 한켠에 하염없이 앉았는데
옛일은 지나간 것이 아니고
다시 돌아 오는 거라며
넋 나간 낯선 여인을 위해
늙수그레 등산객이
헛기침 한 번 해주고 지나간다.

엉덩이 묻은 흙 털고 나서
다시 삶의 기척을 내본다.

# 가을 마중

비도 제소리를 듣는 밤
집으로 가는 에움길
귀가 커진다

건너건너 들려오는 그쪽 소식도
지나온 얼금얼금 시간도
젖고
젖는다.

이 비 그치고 나면
또 가을 오겠지.

# 가을 마중 2

멀리 있는 이의 마음까지 보일 것 같아
잔 꿈에 재채기, 남루한 뒤척임까지
풀벌레 마음 정리 끝내고
하늘 자락 끌어 덮는다.
장렬했던 여름 사랑에
맑게 골몰하는 가을을 지나
수런거림을 뚫고
오고 있다,

깨벗은 자작나무
고요로움에 들기 위하여.

# 안 되는 일

네 구럭보다
내 구덩이가 더 깊어
차마 부르지 못했다

초혼처럼
애잔히 불러도
둔덕을 넘지 못했다

꼭 한 번은 마음 놓고
부를 때 있을 거라
간절히 바랐건만
안 되는 일은
안 되는 일이었다.

# 도라지 꽃등

도라지꽃들은
그때나
지금이나
보라이거나 하양 밭에서
떨어진 별들 줍고 있다

처음 마음으로 불 켰을 때도
지금 바닥을 치고 있는 때도
보라이거나 하양
별 꽃등 켜 들고 섰다.

도라지꽃은 안다

여럿이 들어올려야
밭뙈기 전체가
환해진다는 걸.

서로 발등 소복하도록
깨금을 쳐야
미소가 만들어진다는 걸.

# 새는 빗속을 날고

어두운 냉골에서
쪽잠을 자고
거치른 강도 건넜다

여기까지
날아오를 수 있었던 것은
순전히 당신 때문이었다.

늦가을 빗길에서도
찾아갈 수 있게 된 지금
어디에 계시는지

# 새는 눈 속을 날고


어디서부터 날아온 것입니까
겨울 들판이 무척이나 사납습니다


얼쯤 돌아보니
파란波瀾하였겠습니다.


눈 쌓인 둥지에는
하느님이 흘리고 간 눈물 알갱이
이리저리 굴러다닙니다.


허공으로 난 문이 가벼이 열립니다.
그래도 언 발은 녹여야 하지 않겠습니까.


공적空寂을 그릴 줄 아시니
잠시 쉬었다가 다시 날아오르십시오.

# 새는 눈 속을 날고 2

옹이 많은 나무 위에
가늘고 붉은 발목의
새 한 마리

하느님은 그 새가
눈바람에 날려 갈까 봐
말씀으로 중심을 잡으라 하신다.

말씀은 멀고
겨울은 길다

바람은 다시 겨울을 몰고 와서
모두를 떨게 만든다.

아무도
새가 바람에 날려갔다는 소리를
듣지는 못했으나
한 사람은 안다.

# 생일날


아들아,
전화 좀 해주라
아무도 모르는구나.

# 따뜻한 달걀

어렸을 때 그러니까 국민학교 4학년 때
도시에 사는 오빠네 집으로 애기 보러 갔다
학교가 끝나면 조카를 등에 업고
매일 순례길을 나섰다
흑백 사진들이 붙어 있는 영화관 앞에서 고개를 타래메고[*]
서성거렸다
어느 날,
어떤 아저씨가
"영화 볼래?"
어두컴컴한 구석 자리에서
정신없이 화면 속으로 빨려 들어갔다
조카는 등에서 쌕쌕 잘도 자고
내 손에는 따듯하고 몽글한 달걀이 들려 있었다.
잘은 모르겠으나
참 따뜻한 달걀이구나
아늑하고 보들보들한.
얼마나 시간이 지났을까
오마,
무언가 조금 무서운 생각이 들었다
깨지거나 말거나 달걀을 집어 던지고

어둠에 익숙해진 영화관을

꽁지가 빠져라 도망쳐 나왔는데

정신없이 집으로 내달았는데

콩당거리는 가슴을 쥐어 잡았는데

바르르 떨었는데

비밀 하나가 생겨났는데

다시는 그곳에 가지 못했는데

철이 들고 말았다.


그때 그 따뜻한 달걀이 먹는 달걀이 아니었다는 것을

오랜 시간이 흐른 뒤에야 알게 되었다.


\* 타래메고: 고개를 앞뒤로 숙이는 행위, 강원도 사투리.

# 그러면 못써

너, 말 다 했냐
인간으로 태어나서
그게 할 말이니?

그러면 못 써!

버스 안을 휩쓰는
뚱뚱 보살 통화 소리

출근 시간 내려치는
큰스님의 오도송

미련한 인간들에게
때로는 높이
때로는 깊이
바다 밑까지 잠기라는.

# 나는 춘천에 가고 싶지 않다

공지천 안개 다리를 건너
이디오피아찻집에
주저앉던 때가 있었다.

춘천은 가을도 봄이라고
춘천에 가고 싶은 마음이 없다면
이미 늙어버린 것이라고
시인들은 말하지만
봄은 해마다
경춘선으로 먼저 달려와
꽃물 풀어놓지만
자라난 가시나무 제 몸을 지켜본다.

다음 역은 가을이라고
잊으신 추억은 없는지 살피라는데
무엇 때문에 다시 오르는가
경춘선을.

# 어느 날 오후

곱살스러운 데가 있는 여인이 말했다.

글쎄
늘 지나다니는 큰길가 아파트에
그년이 살고 있었어
정확히 동 호수를 기억해 두었지
언제고 달려가 초인종을 누르면
빼꼼히 상판대기를 내밀 거고
이때다 하고 날쌘 제비처럼 머리채를 낚아채야지
맘속으로 수십 번 머리채를 휘어잡았지만
방향을 꺾었다가 돌아오기를 수십 번
아무 일도 일어나지 않았고
여전히 아침은 오고
밥을 먹으며 살았지
질투의 실루엣이 질근대고
비참의 나락에서 젊음이 허덕였어
그년은 보나 마나 천박했을 것이고
다 지난 일이지만 한 번도 잊은 적은 없어.
여자는 치맛자락을 손가락으로 돌돌 감으며 말을 이어갔다.

공원에 모여 있는 모든 여자들이 맞장구치며
한마디씩 던진다.
말도 마,
말도 말어.

제3부

# 첫 마음

설렘이
다시
시작되었다

얼마 만인가

뽀드득 마루처럼 닦아서
가슴에 꼬옥 안으리라.

# 노랑쐐기나방 고치의 눈물

## 1. 홈리스

겨울밤 7시
차가운 바닥이 있는
역 앞을 지나가는데
얇은 런닝샤쓰에 비니루 한 장을 덮고
떨고 있는 한 사내를 보았다
잠든 것이 아니라 눈을 감고 있었다.
지나가는 많은 이들은 그를 거들떠보지도 않았다
어느 홈리스가 자신의 땟국물 잠바를 벗어주었다
빵 한 개와 함께
사내는 성냥을 팔지 않았고
성냥불도 켜지 않았으며 다행히 하늘나라로 가지도 않았다.

## 2. 아웃 리스

겨울밤 12시
떡을 신고 골목과 건물을 돈다.
계단에서 떡을 받아 드는 홈리스들 등 뒤로
한 리스가 말한다.

저 안에 다섯 명이 더 있는데요

미안합니다.

건물 안에는 다섯 명이 아니라 일곱 명이 웅크리고 누워
있다

잠을 자는 것이 아니라 눈을 감고 있을 뿐이었다.

왜 떡 안 주고 갔어요

눈물이 났단 말예요.

• 최충언, 『달동네 병원에는 바다가 있다』를 읽고.

# 제비꽃 전설

　아스라추*라는 이름의 제비꽃은 이른 봄 쓰레기 더미 옆에
서 피어났습니다
　손을 불며 꽃샘추위를 견뎌야 했으므로 따스한 위로와 아
늑한 둘레막이 절실했지요
　아스라추의 꿈은 그저 진한 보랏빛 꽃잎 한 장과 휘청이는
허리를 좀 더 세우는 것이 전부였어요
　그 어느 것 하나 그냥 오는 법은 없었지요
　둘레막 없는 제비꽃은 진한 꽃잎은커녕 허리는 굽어지고
　꽃잎은 회조한 하녀의 치맛자락 같았지요

　효붓스**라는 나비가 날아왔어요
　단박에 알아보았어요.
　따스한 마음을 지녔다는 것을
　아주 잠시 행복했어요.
　아스라추는 바르르 떨며 조심스럽게 발가락 하나를 내밀
었어요
　발그스름 겨우 녹고 있는 발을 효붓스가 만져보려는 찰나
　효붓스를 부르는 소리가 들렸어요
　어쩔 줄 몰라 하다가 곧 다시 오겠는 말을 남기고 날아갔
어요.

아스라추는

소유보다 존재가 그리워 기우뚱했지만

눈을 꼬옥 감고 사리물었지요.**

* 아스라추: 제비꽃의 이름.

** 효붓스: 나비의 이름.

*** 사리물다: '이를 물다' 순우리말.

# 이름 하나

매미의 일생은
그를 부르는
울음으로 시작된다.

한철
목숨 걸고 부르지 않으면
오랜 어둠 견뎌낼 수 없다

부르고 싶은 이름 하나
붙잡고 가는 길
참 멀다.

# 별어곡別於谷 나무

살아간다는 것은
저렇게 바람 불어칠 때
일제히 이파리 뒤집으며
흔들리는 일

이렇게 가지 꺾이는 날이면
숲 젖도록 눈물방울
뿌리에 흩뿌리는 일

묶여진 밧줄 하나 어쩌지 못해
헐며
휘어지며
굳어지는 일

모두가 축복인 걸 알아갈 즈음
별어곡別於谷 뒤흔드는
고목의 선선한 기도문만 울릴 뿐

# 뿌리의 말

봄날
마음 풀어지거든
꽃그늘 아래
가만 앉아보아라.

꽃이 나무의 상처라는 걸
뿌리가 조용히 일러주리라

옹이 진 마음 터트려
망울 만들고

나무의 눈물이
기도문에 떨어져
향기로 피어나는 것이라고.

# 어린 힘

어젯밤 내린 봄비가
숲에게 힘을 주었구나

숲이 힘찬 연두를 풀어놓으며
이보다 좋을 순 없단다.

너에게도
몇 방울
봄비 내렸으면 좋겠다

너 가는 길에
힘이 생겨날 수도 있을 테니까.

# 번외番外

물을 뜨면
손가락 사이로 술 빠져나가는 재미에
다시 물을 뜨고 싶어지지
막사발에 술을 콸콸 따르면
시원스레 마셔주고
아함, 좋다
호탕하게 한마디쯤 해줘야 술맛이 나는 거
그게 안 될 때는
에잇! 더러워서 못 해 먹겠다
책상 한 번 꽝 때려주고
돌아서서 볼펜 서너 개쯤 부러트려 주면 되지
그게 안 될 땐 화장실 뒤로 불러내 맞짱 한 번 뜨는 거야
인간 대 인간으로

설악산 대청봉 가는 길
비스듬 누워 계시는 나무님, 오가는 이에게 내리는 말씀
"머리를 숙이면 부딪치지 않습니다."

# 7월 마음

능소화 휘늘어져
그립다 그립다

합혼수 꽃술
부끄러워 부끄러워

빗물도 온종일
피어날 때가 좋았다고
같이 걷던 때가 그립다고
찰보동찰보동
출렁이는 마음 그릇.

# 부탁이야
—딸에게


별 잘못도 없는데
큰소리로 눈을 부라리며
소리라도 지를라 치면
그만 주눅이 들고 만다.

책상 앞에선 경건해지고
시 앞에서 조용해질 줄 알건만
사람 앞에서만큼은 휘어진다.
시는 말없이 말을 하고
사람은 겉말을 하기 때문일까

시도 무섭지만
사람은 더 무섭다.

너 어렸을 때
작은 실수라도 할라 치면
뭐라 하지도 않았는데
풀부터 죽어서 속상했다.
나를 닮은 게 분명하다
살아보니까

큰소리치는 사람치고
속 있는 사람 없고,
겉말하는 사람치고
실한 사람 없더라.

부디 사람 앞에서 주눅 들지 말고
그림 앞에서 당당하라.

# 자귀나무 아래서

올해도 도리 없이
꽃술 붉은 합혼수 꽃
저 혼자 피었다 집니다
떨어진 한 송이
길을 잃었네요
피어나던 때를 생각해서
누구도 밟지 마세요.

자귀나무 아래서
다시 만나자던 약속은
지켜지지 못할 듯합니다.

# 아침 새소리

작은 새
아침 창가에 와서
하나님이 공중에 흩뿌린
말씀을 전한다.

미련 두지 말라
누구나 아프다

살멍* 살아지다
제주 좀녀**도
위안부 할머니도 산다

국수사리 같은 목숨 하나
하늘로 끌어 올리란다.

* 살멍: '살아가면 살아진다.' 제주도 방언.
** 좀녀: 제주 해녀.

# 큰언니

신경줄 끊어지고
뼈가 녹아
11월 수숫대 되어
산으로 돌아갔다
내 가슴에 꽃씨 한 톨 남기고

엄마 같던
분꽃처럼 곱던
해사한 웃음이 일품이던
내가 태어났을 때 이미 시집갔다는
구루무향을 처음 알게 해준
명절날 노랑 저고리 새색시로 오던
언니 집 가면 먹을 것을 자꾸 내밀던
한결같이 차비를 주머니에 구겨 넣어주던
한밤중 강가 텐트로 삼계탕을 머리에 이고 오던
밥상을 차리면 몇 번을 일궈 세우던 형부가 미워지던
효부상 안방 벽에 걸어놓고 자신은 망가져 버린

영정 사진 앞에서도
눈물 터지지 않더니

오래도록 차올라 오다 멈추어
소리 없이 싹을 틔운다.

어머니는 아직도 언니 전화를 기다린다.
거짓말하기도 점점 어려워진다.

제4부

# 입춘

살아 있는
모든 것들이
신접살림 차리느라
야단인데

시 못 쓰는 나만
조용한가
일자리를 구하지 못한
딸 방도 조용하다.

# 바람 소리

바람이 숲 흔들면
숲이 우는가
바람이 우는가

여름 숲은 무거워
고통받는 성자 같고
처서 무렵 숲은
가슴 말리는 대금 소리 같다.

덜컹 세월 보내고
언번즈름* 마음만 물들어
바람을 간직하게 되었다

그만 울자 했는데
구순 어머니가 대신 울기 시작한다.
아침마다 한 축씩 울고서야 하루를 시작하신다.

어머니는 숲이 되고
나는 바람이 되어
다시 대금 소리 들으며

성자의 길을 걷기 시작했다.

* 언번즈름: '겉만 번지르르하게' 강원도 사투리.

# 꽃등심 먹기

한시도 쉬지 않은
몸뚱이가
반란을 일으켰다

유장한 봄 길로 콜택시가 달려오는 동안
한꺼번에 몰려오는 외로움이
방전된 전신을 끌어안고
길바닥까지 끌어안으려 한다.

비싼 물을 주사기로 먹이던
나이 지긋한 의사가 딸을 건너다보며
환자가 채식주의자냐고 물었다.
아니라고 고개를 젓자
붉은 고기를 먹어야 한다고 거듭거듭 부탁했다.

청년 배당금으로 사온 등심
풀밭이던 식탁이 붉은색으로 덮였다.
딸아이는 붉은 꽃 그림 고깃덩이를
자꾸 내 입안에다 그려놓는다.
목구멍으로 넘어가야 할 그림이 더욱 붉게 살아난다.

마구간에 매어져 있던 착한 소가 쳐다본다.

눈을 질끈 감고

붉고 활짝 핀 꽃무늬를 마구 씹어 먹는다.

붉은 건강이 누렁소와 함께 넘어가는 소리를 들었다.

# 비 그리고 그리움

벽을 뚫고
마음으로 스며
방죽이 된다
뻘을 만든다.

물렁하다
주물주물
질척이다가
주저앉는다.
밀물이 몰려온다.
드디어 눕는다.
바다에 빠지고 만다.

# 내 사랑, 제비꽃

언 땅 밀어 올리느라
보늬 살결 많이 찢겼으리라

이슬도 짐이었나
굽은 등이 애처롭다

아픈 자리에만 앉아
어쩌자고 또 땅에 입을 대고 있는가

햇솜 같았던 기억들일랑
오래 한 번만 길게 울고
그만 놓아주어라

한 굽이만 돌면
천애天崖로 가는 길이니
부디 견뎌내어라.

# 어느 참전 용사의 마지막 편지

순영 아씨 보우

양산 두 개를 보내오
하나는 어머니 드리오

그대
뱃속에
아기는 있는지.

# 장미여관

6월 담장
개업 간판
하나

초록 이불
붉은 베개
장미 향기

가시에 지독히 찔려본
상처 있는 분만 받음.

# 우문愚問

꽃나무가
꽃잎을 어떻게 만드는지

어린 새들
어디서 비를 긋는지

저 많은 송사리 떼가
언제 눈물 흘리는지

죽고 싶을 만큼 아플 때
어디로 가야 하는지.

# 우산버섯에게

우기雨期
한철
네 짧은 생애
하늘로부터 받았으니
부디 촌음을 아끼라

피어나서
저물기에
충분한 시간이다.

# 질문 있나이다

아장아장
손잡고
천천히
병원 약 타러 가는 길

진료는 안 받고 다짜고짜 들이대신다.

의사 선생, 왜 노인들 안 잡아가우

헐헐
등을 밀어
계단 오르는 길

아이고 야~
쉬어가자
무슨 약은 한 봉지나 되냐

우리 어머니를
아기로 다시 만드신 까닭을
말해주소서.

# 오늘은 맑음

눈 덮인 가지 위
쉬었다 가는 작은 새

아침 햇살 한 줌
주워 먹고
넌출 흘려주는 이야기

답은 언제나
마음 안에 있다고

함박 마중 나가는
눈 온 날 아침

어머니의 하소연을
들어주기도 하겠구나.

# 부탁해, AI

그 적확함이
나는 싫지만
어쩔 수 없이 이 말은 해야겠어.
이제 우리에게는
자주 일어나지도 않는
설렘까지 가져가지 말아줘.
서로 바라볼 수 있는
은은한 눈빛마저
넘겨줄 수는 없지 않겠어.

# 꿀

수백 송이 피우기 위한 설렘
수천 송이가 일어나는 떨림
수만 송이에서 따라온 눈물
수억 번의 벌 나비의 날갯짓이
모두 녹아 흐른 이야기

천년의시 0075

# 비밀 하나가 생겨났는데

**1판 1쇄 펴낸날** 2017년 11월 13일
**지은이** 박이현
**펴낸이** 이재무
**책임편집** 박은정
**디자인** 이영은
**펴낸곳** (주)천년의시작
**등록번호** 제301-2012-033호
**등록일자** 2006년 1월 10일
**주소** (04618) 서울시 중구 동호로27길 30, 413호(묵정동, 대학문화원)
**전화** 02-723-8668
**팩스** 02-723-8630
**홈페이지** www.poempoem.com
**이메일** poemsijak@hanmail.net

ISBN 978-89-6021-349-4 04810
       978-89-6021-105-6 04810(세트)

**값** 9,000원

*이 책의 국립중앙도서관 출판시도서목록(CIP)은 서지정보유통지원시스템 홈페이지(ht
tp://seoji.nl.go.kr)와 국가자료공동목록시스템(http://www.nl.go.kr/kolisnet)에서 이용하실
수 있습니다.(CIP 제어번호: CIP2017029452)
*이 시집은 성남시 문화예술발전기금을 수혜하였습니다.